Analyse de l'œuvre

Par Anne Crochet
et Pierre-Maximilien Jenoudet

Les Âmes grises

de Philippe Claudel

lePetitLittéraire.fr

Rendez-vous sur lepetitlitteraire.fr et découvrez :

Plus de 1200 analyses
Claires et synthétiques
Téléchargeables en 30 secondes
À imprimer chez soi

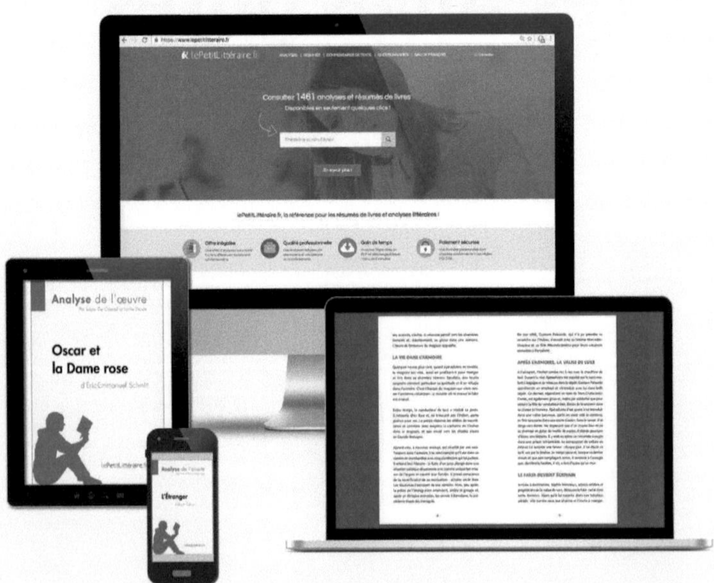

PHILIPPE CLAUDEL

ÉCRIVAIN ET RÉALISATEUR FRANÇAIS

- **Né en 1962 à Dombasle-sur-Meurthe (France)**
- **Quelques-unes de ses œuvres :**
  - *La Petite Fille de Monsieur Linh* (2005), roman
  - *Le Rapport de Brodeck* (2007), roman
  - *Il y a longtemps que je t'aime* (2008), film

Écrivain et réalisateur français né en 1962, Philippe Claudel est maitre de conférences à l'université de Nancy et donne des cours à l'Institut européen du cinéma et de l'audiovisuel. Il a également enseigné dans les prisons et auprès de personnes handicapées. Il est l'auteur d'une vingtaine de livres, traduits dans une trentaine de langues et souvent primés, dont *Les Âmes grises* (2003), *La Petite Fille de Monsieur Linh* ou encore *Le Rapport de Brodeck*. Son premier film en tant que réalisateur, *Il y a longtemps que je t'aime*, est sorti en 2008. La thématique de la guerre et de ses conséquences se retrouve dans plusieurs de ses œuvres.

LES ÂMES GRISES

UN ROMAN IMPRÉGNÉ DE GRIS

- **Genre :** roman
- **Édition de référence :** *Les Âmes grises*, Paris, Le Livre de Poche, 2009, 279 p.
- **1re édition :** 2003
- **Thématiques :** meurtre, enquête, Première Guerre mondiale, perte d'un être cher, suicide

Publié en 2003 aux Éditions Stock, *Les Âmes grises* est le cinquième roman de Philippe Claudel. Traduit dans vingt-cinq pays, le livre est primé dès sa parution par les instances critiques et moins critiques : il obtient le prix Renaudot en 2003, est consacré meilleur livre de l'année 2003 par le magazine littéraire *Lire* et reçoit le grand prix du magazine féminin *Elle*.

Cette œuvre met en scène un narrateur anonyme dans la ville de P., alors que la Première Guerre mondiale (1914-1918) fait rage. Le meurtre d'une jeune fille et les circonstances qui l'entourent mettent la ville en émoi et soulèvent bien des questions. Le roman a également fait l'objet d'une adaptation cinématographique en 2005, réalisée par Yves Angelo, à laquelle Philippe Claudel a participé.

RÉSUMÉ

Le narrateur (N.), un policier, présente son projet d'écriture et annonce le contenu de son œuvre : il parlera de Pierre-Ange Destinat, le procureur de V., et de l'affaire qui s'est déroulée en 1917. Il décrit le procureur, ses habitudes, son caractère ainsi que ses méthodes de réquisitoire, et mentionne également le juge Mierck.

Cette année-là, Belle de jour, la fille d'un restaurateur bien connu de la ville de V. où réside le narrateur, est retrouvée morte près d'un canal gelé. Les autorités de V. se rendent sur place et apprennent qu'elle a été étranglée non loin de la maison de Pierre-Ange Destinat. Ce dernier vit dans une vaste demeure, que les habitants de la ville nomment un « château », dans laquelle une dépendance est réservée aux dirigeants de l'usine de la ville qui souhaitent y loger des ingénieurs. Par conséquent, les locataires s'y succèdent et ne restent jamais longtemps. Le narrateur se pose de nombreuses questions sur le propriétaire des lieux et se renseigne auprès de Barbe, la servante de ce dernier, qui lui fournit de précieuses informations à son sujet.

En 1914, la guerre éclate, mais les habitants de la petite ville semblent peu impliqués. Les ouvriers de l'usine sont réquisitionnés pour le service civil. Quant à l'instituteur de l'école, il est mobilisé. Alors que l'école se retrouve sans maitre (son remplaçant, Contre, se révélant fou), une belle jeune femme, Lysia Verhareine, arrive pour occuper le poste vacant. Le logement réservé aux instituteurs ayant été saccagé par Contre, les villageois et le maire ont l'idée de demander à Destinat la permission de la loger dans l'ancienne maison des ingénieurs. Lors de la rencontre entre l'institutrice et le procureur, celui-ci semble subjugué par la jeune femme et accepte de la prendre comme locataire.

Un an plus tard, alors que la ville célèbre le premier anniversaire du début des hostilités, N. est appelé au château et apprend la mort de Lysia, qui s'est apparemment suicidée : le procureur l'a retrouvée avec une ceinture autour du cou. La ville est sous le choc. N. doit interroger Destinat, mais il ne s'y résout pas. Il se met à la recherche de la famille de la jeune femme, en vain. Le procureur est aussi bouleversé par l'évènement. Ce trouble se répercute sur son travail et son comportement : il demande sa mise à la retraite, qui prendra effet en juin 1916.

En décembre 1917, lorsque survient le meurtre de Belle de jour, c'est le juge Mierck qui prend en main l'enquête. Il est secondé par un colonel, nommé Matziev, qui est peu apprécié dans la petite ville. N. tente de faire comprendre au lecteur la complexité de la personnalité du juge en mettant en parallèle ses actions présentes et ses actions passées, sans apporter aucun jugement de valeur. Il évoque également Clémence, sa femme enceinte, et parle de Joséphine, une vieille amie qui a vu Belle de jour peu avant sa mort. Celle-ci vient d'ailleurs le voir pour lui raconter ce qu'elle a vu : en faisant un détour par le canal, la veille de la découverte du corps, elle a aperçu Belle de jour en train de discuter avec Destinat. N. la convainc de raconter cet épisode au juge pour le bien de l'enquête. Ils se rendent donc ensemble chez ce dernier qui est accompagné du colonel. Cependant, les deux représentants de l'ordre démolissent le témoignage de Joséphine. Après cette entrevue, le narrateur décide de rejoindre Bourrache, le père de Belle de jour. Pendant ce temps, seule chez elle, Clémence commence à avoir des contractions.

N. souhaite rentrer dès que possible chez lui. Or, la route étant réquisitionnée par l'armée, il reste bloqué sur place. Il trouve alors refuge à l'archevêché auprès du père Lurant, un passionné de fleurs, qu'il a rencontré à V. Quelques heures plus tard, il finit par rentrer et retrouve Clémence qui a déjà perdu beaucoup de sang. N. appelle le Dr Lucy et emmène sa femme à l'hôpital. Quelques heures plus tard, un médecin militaire lui confirme que Clémence a perdu trop de sang et qu'elle ne s'en remettra pas. Il se remémore alors les derniers instants passés au chevet de sa femme.

Lors de l'enterrement de Belle de jour, N. n'est pas présent, terrassé par sa propre douleur. Ce n'est que quelques jours plus tard qu'une sœur de la clinique vient lui apporter son enfant.

N. amorce alors le récit du meurtre de Belle de jour en s'adressant directement au lecteur : il n'est pas un témoin direct de tout ce qui sera dit dans les prochaines pages, mais a seulement pris connaissance des faits grâce à divers témoignages qu'il a pu recueillir.

Les policiers de V. ont arrêté deux déserteurs et les ont ramenés à la mairie. Le maire appelle Mierck, qui arrive en compagnie de Matziev. Ils interrogent les deux jeunes soldats. L'un deux, Rifolon, avoue le meurtre alors que son interrogatoire révèle qu'il n'est pas le vrai coupable. Le juge accepte néanmoins ses aveux. Lorsque Rifolon se suicide dans sa cellule, Mierck et Matziev font tout pour faire avouer le second déserteur, Yann Le Floc, qui finit par craquer. N. a eu connaissance de ces évènements grâce à Louis Despiaux, chargé de surveiller Le Floc ce soir-là.

Doutant de la culpabilité de l'accusé, N. se rend en prison pour le rencontrer. Sa visite ne lui apprend malheureusement rien, car Le Floc demeure prostré. Le jeune homme est fusillé un mois et demi plus tard, reconnu coupable de désertion et d'assassinat : « L'affaire était close. » (p. 214) déclare le juge, se faisant la voix de l'ensemble des autorités. Bien que le juge Mierck tente de le freiner dans ses recherches, N. continue son enquête, notamment auprès des ouvriers de l'usine. Peu à peu, il devient obsédé par l'affaire et retourne souvent sur les lieux du crime. Un jour, il y croise Destinat, qui devine les pensées et la conviction de N. quant à sa culpabilité.

Quelque temps plus tard, N. a un accident et est contraint de rester à l'hôpital. Durant sa convalescence, Destinat décède. À sa sortie, le narrateur décide de se rendre au château, dont l'austérité rappelle celle de son propriétaire : il y trouve un carnet ayant appartenu à Lysia Verhareine. Ce carnet contient les lettres que la jeune femme a envoyées à l'homme qu'elle aimait, Bastien, parti au front. Grâce à ces lettres, il comprend que la jeune femme est venue dans la petite ville pour se rapprocher de son bienaimé. Elle lui raconte, dans ses courriers, sa vie dans la petite ville et parle également de Tristesse, surnom qu'elle avait donné au procureur. Pourtant, au fil du temps, les missives deviennent plus amères. La dernière lettre qu'elle écrit pour son homme est datée de la veille de sa mort alors qu'une lettre manuscrite, envoyée par le capitaine de Bastien après la mort de la jeune femme et annonçant le décès de ce dernier, est également retrouvée. Le carnet contient également trois photographies ajoutées par le procureur, respectivement de Clélis, Lysia et Belle de jour. Plus tard, N. recevra une lettre d'un confrère qui est à la recherche d'un jeune meurtrier nommé Yann Le Floc qui aurait tué, dans sa région natale, une petite fille d'une dizaine d'années en l'étranglant : N. ne donne pas suite à ce courrier.

Au terme du récit, N. revient sur l'arrivée de son enfant à la maison et explique qu'il a étouffé le bébé parce qu'il le considérait coupable du décès de sa femme. La fin du roman suggère que N. est sur le point de se suicider. Quant à l'affaire de l'assassinat de Belle de jour, elle est considérée comme classée par les autorités.

ÉTUDE DES PERSONNAGES

LE NARRATEUR (N.)

Le narrateur, anonyme, fait œuvre de confession. Le texte apparait comme un écrit privé : son auteur ne se présente donc pas, et c'est au lecteur de trouver des indices qui l'informent sur sa vie et son caractère.

Les faits que nous raconte le personnage remontent à une vingtaine d'années. Nous sommes dès lors en droit de penser que le narrateur a plus de 50 ans. Bientôt, on comprend qu'il est officier de police de la petite ville de P., à proximité du front.

Au temps de l'affaire, le narrateur est plongé dans une profonde solitude causée par le décès de ses proches. Son père, qu'il n'a jamais aimé, ainsi que sa femme décèdent tour à tour. C'est un drame terrible pour N. qui aimait tendrement son épouse et qui ne cesse, d'une part, de lui parler après sa mort et, d'autre part, de se recueillir sur sa tombe. Dès lors, la vie du narrateur n'est occupée que par le vide qu'il essaie de combler avec l'écriture.

N. est quelqu'un de résigné qui, par son métier, connait la nature humaine et ne croit pas au manichéisme. Ainsi, alors qu'une lettre envoyée par un policier de l'Ouest de la France, arrivée avec six ans de retard, lui offre la possibilité de clore le mystère de la mort de Belle de jour en accusant Yann le Floc d'un crime similaire, N. refuse de la prendre en compte. Il préfère le doute qui l'habite depuis tant d'années et qui est devenu son seul compagnon.

Enfin, terrassé par la mort de sa femme et persuadé que c'est leur fils qui est responsable de ce meurtre, N. étouffe son enfant. Désormais, le personnage apparait comme un homme tourmenté, tel une âme grise.

PIERRE-ANGE DESTINAT

Fils de propriétaires terriens, Pierre-Ange Destinat étudie le droit à Paris. À son retour à V., le jeune homme devient procureur et épouse Clélis, une fille de bonne famille qui meurt six mois après leur mariage. Destinat devient alors de plus en plus sombre et se replie sur lui-même. Il reste seul au château, accompagné de Barbe et de Le Grave, un couple de serviteurs.

Destinat, nommé M. le procureur par les citoyens et Bois-le-sang par les prisonniers, est un homme respecté dans sa ville et à V. où il exerce son pouvoir. La force de ses réquisitoires réside dans sa capacité à s'appuyer davantage sur les faits objectifs que sur des tirades rhétoriques : il se sert, dans le cadre d'une affaire de meurtre, du rapport du médecin légiste pour frapper les esprits des jurés et obtenir la condamnation à mort. Cependant, il reste assez indifférent vis-à-vis du sort du condamné dans la mesure où son objectif n'est pas de le faire exécuter à tout prix. Il vise davantage à défendre l'idée qu'il se fait du bien et du mal. Après chaque procès, le procureur va manger au *Rébillon*, où il est servi par Bourrache et ses filles (dont Belle de jour). Hormis pour ses procès et le service du dimanche, Destinat sort fort peu.

Le portrait psychologique brossé dans le livre est à la fois assez complexe et incomplet. Le narrateur lui-même reconnaît avoir du mal à cerner le personnage : « Destinat, pour moi, c'était un nom, une fonction, une maison, une fortune [...]. Mais ce qu'il y avait derrière, macache bono [rien]. » (p. 45-46) Le procureur est un homme solitaire, distant et détaché du monde décrit comme « un homme grand et sec [...] [avec] des yeux clairs qui sembl[ent] immobiles et des lèvres minces, pas de moustache, un haut front, des cheveux gris » (p. 14). Méticuleux, il déteste la souillure sous toutes ses formes, ce qui n'est peut-être pas sans rapport avec sa profession. Lysia Verhareine voyait en lui beaucoup de tristesse. Suspecté par le narrateur d'avoir tué Belle de jour, le procureur n'avouera ou ne démentira jamais. Il restera assez mystérieux à ce sujet : « Il faut se méfier des réponses, elles ne sont jamais ce qu'on veut qu'elles soient, ne croyez-vous pas ? »

BELLE DE JOUR

Destinat, comme Mierck, va souvent manger dans un restaurant proche du palais de justice : *Le Rébillon*. Le restaurant est tenu par Bourrache qui est aidé pour le service par ses trois filles. La plus jeune d'entre elle est âgée d'une dizaine d'années et est surnommée par tout le monde Belle ou Belle de jour en raison de sa beauté qui rappelle celle de la plante ornementale du même nom. Un matin de l'hiver 1917, elle est retrouvée morte, assassinée, gisant près du canal gelé de P., derrière le parc de la maison de Destinat. La jeune fille rejoint alors les autres femmes du roman (Clélis, Lysia puis Clémence), décédées prématurément parce que trop pures face à la grisaille du monde et des hommes.

La mort de la petite fille provoque la stupeur et l'émotion dans les villes de P. et de V. Elle constitue le fil rouge de la confession du narrateur qui cherche à éclaircir les mystères qui subsistent autour de cette affaire, trop vite classée sans suite.

LYSIA VERHAREINE

Jeune fille très belle originaire du Nord, Lysia Verhareine est la nouvelle institutrice de P., qui reprend le poste laissé vacant par Fracasse et Contre. Elle loge, avec la permission de Destinat, dans la maison du château. Gentille et attentionnée, elle fait l'unanimité auprès des habitants de la petite ville. Ces derniers ne se doutent pourtant pas qu'elle souffre de savoir son compagnon, Bastien Francœur, au front à quelques kilomètres d'elle, alors que P. semble épargné par la guerre. Le lecteur ne prend connaissance de cet aspect de sa personnalité que vers la fin du roman, lorsque ses lettres sont dévoilées : « Elle qu'on avait toujours vue avec son sourire de lumière, le mot gentil pour chacun, avait le cœur qui se remplissait de fiel et de douleur. » (p. 258) Son suicide attristera profondément la petite ville.

LE JUGE MIERCK

Homme replet aux yeux verts, le juge est respecté par la population de V. sans pour autant être aimé, surtout depuis son attitude devant le corps de Belle. En effet, non content de ne pas montrer de tristesse devant le corps de la petite fille, qu'il connaissait pourtant bien, et de paraitre se réjouir d'avoir un véritable crime à élucider, il n'hésite pas à manger des œufs mollets aux pieds de la victime. La nourriture tient d'ailleurs une grande place dans la vie du juge : habitué du *Rébillon*, il aime ripailler en toutes circonstances avec ses amis. Il agit de la sorte lors de l'interrogatoire de Yann Le Floc, le suspect breton, en ordonnant en tout premier lieu d'être servi. Comble de l'indifférence, il continue à festoyer avec son ami Matziev alors même qu'il fait attacher à un arbre, par un froid extrême et sous sa propre fenêtre, le jeune soldat.

Le juge Mierck et le procureur Destinat, très différents l'un de l'autre, ne s'apprécient pas. Ce contraste entre les deux hommes se traduit, d'une part, dans leur rapport à la nourriture (tandis que Mierck aime manger, le procureur a très peu d'appétit) et, d'autre part, dans leur rapport à la souillure (alors que Destinat est connu pour détester la souillure, le juge est décrit comme atteint par la salissure). Néanmoins, malgré son animosité envers le procureur, Mierck se refuse à l'accuser du meurtre de Belle de jour. N. y voit une manière de se protéger entre hommes du même rang.

LE COLONEL MATZIEV

Le colonel Matziev est également chargé de l'enquête sur le crime de Belle de jour, même si sa présence se justifie difficilement. Cet « apollon gradé » (p. 111), qui se révèle assez cruel, choque d'emblée la population de P. par son comportement nonchalant après la mort de Belle : il écoute sans cesse la chanson badine *Caroline, mets tes p'tits souliers vernis*, un chant plein d'optimisme. Aux yeux du narrateur, cette attitude le rapproche du juge Mierck : « J'ai déjà dit je crois que ces deux-là étaient faits du même bois pourri », dit-il (p. 181).

> « Au fond, sa chanson, c'était la cousine des œufs du juge, ses petits mondes dégustés à deux pas du cadavre. Pas étonnant que ces deux-là, Mierck et Matziev, sans se connaître auparavant, et en étant l'un pour l'autre le jour et la nuit, se soient entendus comme des larrons en foire. Ce n'est au fond qu'une question de salissure. » (p. 115)

Néanmoins, à l'instar du narrateur et du procureur, la personnalité de Matziev reste complexe. Cet homme, cruel au point de faire endurer à un soldat de 20 ans le supplice du froid, a été, quelques années auparavant, un dreyfusard convaincu. Ainsi, il s'est fait le défenseur d'un homme qui a été injustement accusé par l'armée d'avoir livré des informations à l'ennemi, particulièrement parce qu'il était juif (p. 116). Cet homme est donc capable autant de se battre pour aider un capitaine accusé à tort que d'être le tortionnaire d'un soldat qu'il veut accuser à tout prix : cette ambivalence fait bien du colonel, inclassable dans les catégories du bien ou du mal, une âme grise.

JOSÉPHINE

Joséphine Maulpas est une vieille connaissance du narrateur. Elle constitue le seul lien qu'il lui reste avec le passé et avec l'affaire. Joséphine est une femme originaire du même village et qui a le même âge que N. Leur complicité transparait dans les surnoms qu'ils se donnent : alors qu'elle l'appelle

Dadais, il la surnomme Fifine.

Jeune fille reconnue pour sa beauté dans sa jeunesse, cette dernière s'est aujourd'hui fanée, ravagée par l'alcoolisme. Joséphine survit grâce à la vente de peaux de bêtes. Son métier et son allure tranchent avec la propreté de son habitation qui parait être une vielle cabane de l'extérieur, mais qui est une vraie maison de poupée à l'intérieur.

Elle est témoin d'une discussion entre Belle de jour et le procureur la veille de la mort de la jeune fille. Elle raconte ce qu'elle a vu au policier puis au juge, mais ce dernier, accompagné de Matziev, démolit son témoignage. Cela conforte Joséphine dans ce qu'elle pense des hommes et de l'humanité en général. Joséphine ne croit pas au manichéisme, elle exclut la possibilité qu'un homme soit entièrement gentil ou entièrement méchant, entièrement blanc ou noir. Pour elle, tout le monde a de bons et de mauvais côtés, tout le monde est gris.

CLÉS DE LECTURE

DES PERSONNAGES NUANCÉS

La plupart des personnages présents dans *Les Âmes grises* ne peut être appréhendée si l'on s'en tient à une analyse manichéenne du système des personnages. Comme son titre l'indique, le roman met en scène des protagonistes qui sont gris, nuancés et complexes.

Ainsi, les représentants des forces de l'ordre (Mierck, Matziev, N. et Destinat), censés être irréprochables pour être convaincants dans leurs rôles respectifs, ne le sont aucunement :

- Mierck et Matziev sont présentés d'emblée comme des personnages assez antipathiques et peu compatissants envers les victimes. Mierck ne semble pas s'émouvoir devant le cadavre de l'enfant : « Et alors, qu'est-ce que vous voulez que ça me foute ? Un mort c'est un mort », s'exclame-t-il (p. 21). Matziev, quant à lui, n'hésite pas à se distraire en écoutant de la musique joyeuse alors que la ville est endeuillée. Les deux hommes sont en outre prêts à tout pour trouver un coupable, même s'ils sont convaincus de ne pas avoir le responsable de la mort de Belle en face d'eux : « Soit on arrête le coupable, soit on arrête quelqu'un qu'on dit être coupable. » (p. 176) La noirceur des deux principaux enquêteurs est textuellement évoquée par les termes « salissure » et « souillure ». Cependant, le Matziev tortionnaire de V. cache une autre facette : le Matziev dreyfusard ;

- le narrateur, policier, a lui aussi une personnalité très complexe qui ne saurait en faire un représentant crédible de l'autorité et de la loi ;
- Destinat, décrit comme un procureur infaillible, se retrouve suspecté par N. d'être le meurtrier de Belle de jour. Néanmoins, étant donné que ni son innocence ni sa culpabilité ne peuvent être formellement établies, il reste dans cet entredeux propre au roman.

Cette couleur grise annonce, par ailleurs, le dépassement d'une approche manichéenne dans le chef de l'auteur : il s'agit de dépasser le clivage bien/mal, blanc/noir pour appréhender toute la complexité psychologique des âmes grises, c'est-à-dire de tout un chacun :

> « Les salauds, les saints, j'en ai jamais vus. Rien n'est ni tout noir, ni tout blanc, c'est le gris qui gagne. Les hommes et leurs âmes, c'est pareil... T'es une âme grise, joliment grise, comme nous tous... » (p. 134)

Les femmes (Clélis, Lysia, Belle de jour et Clémence) semblent échapper à cette grisaille, dans la mesure où l'auteur met en avant leur côté angélique, les plaçant *de facto* dans la sphère du blanc et de l'innocence. Le rapprochement permanent que l'auteur fait entre, d'une part, ces quatre figures féminines, réunies à la fin du roman et assimilées l'une à l'autre et, d'autre part, l'univers floral, ne fait qu'accroitre le fossé entre les âmes grises et ces femmes : les fleurs sont « la plus belle preuve, s'il en faut, de l'existence de Dieu » (p. 162). On remarquera également que toutes ces femmes sont mortes prématurément, leur pureté étant à la fois abolie et sublimée : elles ont beau avoir disparu, elles restent idolâtrées dans leur mort. Cette absence/présence a pour conséquence, par effet de contraste, de souligner la noirceur grise des autres protagonistes et, assez paradoxalement, de l'estomper ou de la banaliser.

UNE NARRATION TOUT EN GRIS

Le statut du narrateur dans le roman est assez particulier. Anonyme, il offre un portrait psychologique assez complexe, celui d'une âme grise : bien que policier, il se rend coupable du meurtre de son enfant, ce qui rend problématique sa place sur l'axe du bien et du mal et qui renforce le dépassement du manichéisme voulu par l'auteur. Il tue son enfant car il le rend responsable de la mort de son épouse (« le vrai du vrai, c'est qu'il t'avait tuée pour naître », p. 276) et parce qu'il pense que la vie ne peut rien lui apporter (« Lui, ç'aurait été un petit malheureux à vivre et grandir à côté de moi pour qui la vie n'était qu'un vide plein d'une seule question », p. 277).

Singulier comme personnage, le narrateur l'est également dans sa fonction textuelle puisque la narration de l'histoire s'opère de manière relativement floue. N. réfléchit sur son projet d'écriture, qui apparait de plus en plus comme une confession, dès le début du roman :

> « Je ne sais pas trop par où commencer. C'est bien difficile [...] Mais il faut tout de même que j'essaie de dire. De dire ce qui depuis vingt ans me travaille le cœur. Les remords et les grandes questions. Il faut que j'ouvre au couteau le mystère comme un ventre, et que j'y plonge à pleines mains, même si rien ne changera rien à rien. » (p. 11)

D'autres commentaires métadiscursifs du même genre ponctuent le roman, révélant ainsi la fragilité du narrateur de même que sa véritable motivation. Le narrateur, qui est également auteur, écrit pour lui et pour Clémence : « C'est un peu comme si je me parlais à moi-même. Je me fais la conversation, une conversation d'un autre temps. J'entrepose des portraits. Je fossoie sans me salir les mains » (p. 82) ; « Clémence, [...] c'est pour toi seule que je parle et j'écris, depuis le début, depuis toujours. » (p. 275)

Cette confession à double narrataire pose problème quant à sa véracité. N. est témoin pour une partie seulement des faits qui se sont déroulés à P. et avoue que certains évènements ont été recomposés par inférence ou sont issus de simples ouï-dire : « Ça, je le suppose, je refais l'histoire, je comble les vides, mais je crois que je n'invente guère... » (p. 59) Il prend ainsi le soin de prévenir le lecteur :

> « Tout ce que je vais dire maintenant, je ne l'ai pas vu de mes yeux mais cela ne change rien. J'ai pris des années à rassembler les fils, à retrouver les mots, les parcours, les questions, les réponses. C'est comme la vérité. Il n'y a pas d'invention. D'ailleurs, pourquoi j'inventerais ? » (p. 177)

Cette volonté de vérité se trouve annulée par une remarque du narrateur lui-même : « Parfois, les livres mentent. » (p. 138) Cette constatation induit peut-être le fait que la vérité est, elle aussi, grise. D'autre part, la narration est également rendue floue par sa temporalité éclatée et le manque de chronologie dans le récit du narrateur : celui-ci aborde, dans le désordre, l'arrivée et la mort de Lysia en 1915, l'affaire en 1917, certains épisodes de 1926 et des années trente. Ce manque de continuité, accompagné des remarques mé-tadiscursives, montre le caractère fragile du narrateur, en quête d'une vérité qui semble toujours lui échapper.

UNE VILLE ÉBRANLÉE PAR LA GUERRE

La petite ville de P. connait, en son sein, deux grands bouleversements : la mort de Belle de jour à l'échelle locale d'un côté et la Première Guerre mondiale de l'autre. Période trouble où la mort est omniprésente, ce début du siècle voit l'émergence de nombreuses âmes grises.

P. est une petite ville de l'Est de la France qui a subi, avantguerre, de grandes transformations pour devenir une cité ouvrière. En aout 1914, alors que la mobilisation générale est d'application sur tout le territoire français, les habitants de P., ouvriers qualifiés dont le travail est utile en temps de guerre, sont tenus à l'abri des combats et réquisitionnés pour mener un service civil. Pour autant, le front n'est qu'à quelques kilomètres. Le narrateur note ainsi que si la ville ne participe pas activement à la guerre, cette dernière reste omniprésente à cause des coups de canons qui résonnent.

Bientôt, la ville ressent la guerre de façon plus durable et explicite avec l'arrivée des premiers blessés de guerre. Dès septembre 1914, ils affluent dans la petite ville où ils sont accueillis par les habitants qui leur donnent de nombreux cadeaux. Rapidement, les blessés arrivent en trop grand nombre et la solidarité n'est plus de mise. Deux villes se forment alors : celle des autochtones d'une part et celles des blessés d'autre part. Entre ces deux mondes, l'animosité est de mise. Les insultes, voire les bagarres, sont coutumiers ;

les soldats revenus du front considèrent que les hommes de P. n'en sont pas tout à fait et qu'ils sont lâches.

Enfin, la clinique de P. n'est pas en reste, et l'afflux de blessés de guerre s'y fait sensiblement ressentir. En effet, alors que le narrateur rend visite à son épouse, il se retrouve dans une salle bondée, entouré de lits et de blessés où une forte odeur de putréfaction imprègne les murs. Clémence est séparée de ces hommes par des rideaux blancs. N. passe ainsi la nuit auprès d'elle, isolés par ce rideau du monde combattant, qu'ils ne voient toujours pas mais qu'ils entendent : au côté du lit de son épouse, un jeune soldat délire en proférant des phrases sans queue ni tête, traumatisé par la guerre, par ce qu'il y a vu et subi.

La guerre du point de vue des habitants de P.

L'auteur traite également des activités civiles qui se développent pendant la guerre et particulièrement des activités commerciales florissantes. En effet, le conflit est lucratif pour certains à l'instar du commerçant Bassepin qui gagne des fortunes pendant et après le conflit. Seul et n'aimant que l'argent, l'épicier prospère également : il vend aux soldats de passage des denrées utiles ou moins utiles à des prix exorbitants afin de se réserver une marge confortable sur les produits qu'il a achetés bon marché loin de la ville. C'est un opportuniste qui le restera après l'armistice en se reconvertissant dans la vente de monuments funéraires. Dès lors, nous est exposée très clairement la face grise de l'âme des hommes qui tirent profit de la guerre pour s'enrichir.

Une troisième personne profite de la guerre mais reçoit

davantage de soutien de la part du narrateur : la veuve Blachart. Elle vend son corps aux hommes avant qu'ils ne partent au front ou lorsqu'ils en reviennent. S'offrir ses services est peut-être une manière pour ces soldats de se prouver une dernière fois qu'ils sont encore en vie, tout en permettant à la veuve d'économiser de l'argent pour quitter la ville de P. et reconstruire sa vie en Australie.

Enfin, les sentiments ambivalents que fait naitre la guerre sont mis en avant avec les lettres de Lysia à l'homme qu'elle aime. En effet, ces lettres d'amour deviennent de plus en plus amères à mesure que le conflit perdure. Lysia, bien qu'accueillie et respectée, développe, à mesure que grandit sa tristesse de ne pas voir son homme, le sentiment que tous les habitants de P. sont des lâches et qu'il est temps que ce soit eux qui aillent combattre.

La guerre est donc la toile de fond des évènements de l'histoire. L'auteur s'empare de ce thème et montre comment la guerre a transformé les villes, les paysages ainsi que les citoyens français en laissant se déchainer le flot de grisaille de leurs âmes et de leur cœur. Ainsi, la foule s'est réunie autour des deux gendarmes qui ont arrêté deux déserteurs et est prête à lyncher ces hommes. Leur désertion est vue, aux yeux de la foule, comme un crime aussi grave que le meurtre de la petite fille de 10 ans. Il n'est donc pas étonnant de voir que la culpabilité leur va si bien (quelqu'un capable de déserter est capable de tuer) et que seul le narrateur s'insurge de cette rapide accusation.

LES ÂMES GRISES, UN ROMAN POLICIER ?

Le roman policier trouve son origine au xixe siècle avec la révolution industrielle. À cette époque, l'embourgeoisement de la société tend à faire naitre une peur plus intense de la criminalité. Ainsi, les affaires de mœurs ou les faits divers rencontrent un large public, comme en témoigne le succès des *Mystères de Paris* d'Eugène Sue (écrivain français, 1804-1857) qui devient rapidement à sa sortie un véritable bestseller. C'est dans ce siècle qu'Edgar Allan Poe (écrivain américain, 1809-1849) écrit trois intrigues policières, *Le Double Meurtre de la rue Morgue* (1841), *La Lettre volée* (1841) et *Le Mystère de Marie Roget* (1842), qui marquent la naissance du genre.

Au fil des décennies, le roman policier a évolué et de nombreux sous-genres sont apparus, comme le roman noir et le thriller, qui trouvent leur origine aux États-Unis, ou encore le roman policier historique avec, par exemple, les enquêtes de Nicolas Le Floch dans le Paris du xviiie siècle écrit par Jean-François Parot (diplomate et écrivain français, né en 1946). Le roman policier est devenu aujourd'hui un genre littéraire à part entière qui connait un succès qui ne s'est jamais démenti.

Le roman de Philippe Claudel est basé sur les fondements du roman policier. En effet, le narrateur est un policier qui s'intéresse au meurtre d'une petite fille de 10 ans, morte étranglée ; le narrateur-policier reprend les témoignages et les circonstances de l'enquête afin de découvrir l'identité de l'assassin et, pour ce faire, tente d'analyser la psychologie de chacun des personnages.

Toutefois, l'auteur ne se conforme pas parfaitement aux codes du roman policier. En effet, la forme héritée des intrigues de Poe, qui est certainement la plus célèbre et la plus archétypale du roman policier, est celle du roman policier à énigme. L'auteur plonge le lecteur dans un mystère qui semble inextricable et dévoile, au cours du roman, des indices qui sont de pertinence variable. Le personnage principal est reconnaissable par son sens de la déduction qui peut en faire un personnage hors du commun comme Sherlock Holmes ou Hercule Poirot. Dans ce genre, plusieurs règles sont à considérer :

- le lecteur doit avoir accès à toutes les informations, à tous les indices pouvant permettre la résolution du mystère. Pourtant, dans le roman de Philippe Claudel, le lecteur a accès à très peu d'indices, et lorsqu'ils apparaissent, l'intrigue est déjà bien avancée ;
- le roman policier se base sur un double mouvement. En premier lieu, un mouvement d'ouverture, qui consiste à multiplier les possibilités et les solutions, et, en second lieu, un mouvement de fermeture qui ne laisse qu'un coupable. Là encore, le roman de Philippe Claudel n'obéit pas à cette règle étant donné que le narrateur ferme directement les possibilités en ne se concentrant que sur le personnage du procureur ;
- le coupable doit être présent dès le début du récit, connu et largement identifié par le lecteur. À nouveau, le roman de Claudel ne satisfait pas à cette règle puisque le coupable présumé n'est pas présent au début de l'histoire

mais arrive dans le village presque par hasard.

Ces règles typiques du roman policier à énigme sont largement reprises par les autres types de roman policier à l'instar du roman noir qui met en avant la brutalité du monde. Eu égard à tous ces éléments, le roman de Claudel n'est pas réellement un roman policier mais plutôt un roman « d'atmosphère ». L'enquête n'est qu'un prétexte au récit et à la confession du narrateur. En effet, le meurtre n'est pas le nœud de l'intrigue mais il est le fil rouge du récit, car c'est à cause de celui-ci que l'auteur découvre ce que sont réellement les hommes. Si l'auteur utilise bien certains codes du roman policier pour créer un bouleversement dans la petite ville et peindre les hommes tels qu'ils sont, sans manichéisme mais dans la grisaille, il ne s'y conforme pas parfaitement.

PISTES DE RÉFLEXION

QUELQUES QUESTIONS POUR APPROFONDIR SA RÉFLEXION...

- Dans le texte, relevez toutes les remarques métadiscursives émises par le narrateur. Que vous indiquent-elles?
- En quoi les principaux personnages sont-ils une âme grise ?
- Quel est le statut des femmes dans *Les Âmes grises* ?
- « Les salauds, les saints, j'en ai jamais vus. Rien n'est ni tout noir, ni tout blanc, c'est le gris qui gagne. Les hommes et leurs âmes, c'est pareil... T'es une âme grise, joliment grise, comme nous tous...» (p. 134) Commentez cette citation.
- En quoi le projet d'écriture de N. apparait-il de plus en plus comme une confession ?
- Dans quelle mesure peut-on considérer *Les Âmes grises* comme un roman policier ?
- En quoi la guerre permet-elle l'émergence des âmes grises ?
- Comparez le film et le roman de manière générale. Quelles sont les principales différences ?
- Dans le film, comment s'élabore le portrait de Pierre-Ange Destinat ? Constatez-vous des différences par rapport au livre ?
- Dans le film, comment la thématique de la guerre est-elle traitée ? Constatez-vous des différences par rapport au livre ?

POUR ALLER PLUS LOIN

ÉDITION DE RÉFÉRENCE

- Claudel P., *Les Âmes grises*, Paris, Le Livre de Poche, 2009.

ÉTUDES DE RÉFÉRENCE

- Bayard P., *Qui a tué Roger Ackroyd ?*, Paris, Les Éditions de Minuit, 1998.
- Deleux P., Les Âmes grises *de Philippe Claudel ou un roman entre deux tonalités : du policier et de la littérature*, mémoire présenté pour l'obtention du master en langues et littératures romanes, UCL, 2011.
- Mesplède C. et Tulard J., « Roman policier », in *Universalis éducation*, consulté le 7 décembre 2016.

ADAPTATION

- *Les Âmes grises*, film d'Yves Angelo, avec Jean-Pierre Marielle, Jacques Villeret et Denis Podalydès, France, 2005. Scénario, adaptation et dialogues de Philippe Claudel et Yves Angelo.

SUR LEPETITLITTÉRAIRE.FR

- Fiche de lecture sur *La Petite Fille de Monsieur Linh* de Philippe Claudel.
- Fiche de lecture sur *Le Rapport de Brodeck* de Philippe Claudel.

Retrouvez notre offre complète sur lePetitLittéraire.fr

- des fiches de lectures
- des commentaires littéraires
- des questionnaires de lecture
- des résumés

ANOUILH
- Antigone

AUSTEN
- Orgueil et Préjugés

BALZAC
- Eugénie Grandet
- Le Père Goriot
- Illusions perdues

BARJAVEL
- La Nuit des temps

BEAUMARCHAIS
- Le Mariage de Figaro

BECKETT
- En attendant Godot

BRETON
- Nadja

CAMUS
- La Peste
- Les Justes
- L'Étranger

CARRÈRE
- Limonov

CÉLINE
- Voyage au bout de la nuit

CERVANTÈS
- Don Quichotte de la Manche

CHATEAUBRIAND
- Mémoires d'outre-tombe

CHODERLOS DE LACLOS
- Les Liaisons dangereuses

CHRÉTIEN DE TROYES
- Yvain ou le Chevalier au lion

CHRISTIE
- Dix Petits Nègres

CLAUDEL
- La Petite Fille de Monsieur Linh
- Le Rapport de Brodeck

COELHO
- L'Alchimiste

CONAN DOYLE
- Le Chien des Baskerville

DAI SIJIE
- Balzac et la Petite Tailleuse chinoise

DE GAULLE
- Mémoires de guerre III. Le Salut. 1944-1946

DE VIGAN
- No et moi

DICKER
- La Vérité sur l'affaire Harry Quebert

DIDEROT
- Supplément au Voyage de Bougainville

DUMAS
• Les Trois
  Mousquetaires

ÉNARD
• Parlez-leur
  de batailles,
  de rois et
  d'éléphants

FERRARI
• Le Sermon sur la
  chute de Rome

FLAUBERT
• Madame Bovary

FRANK
• Journal
  d'Anne Frank

FRED VARGAS
• Pars vite et
  reviens tard

GARY
• La Vie devant soi

GAUDÉ
• La Mort du
  roi Tsongor
• Le Soleil des
  Scorta

GAUTIER
• La Morte
  amoureuse
• Le Capitaine
  Fracasse

GAVALDA
• 35 kilos d'espoir

GIDE
• Les
  Faux-Monnayeurs

GIONO
• Le Grand
  Troupeau
• Le Hussard
  sur le toit

GIRAUDOUX
• La guerre de
  Troie
  n'aura pas lieu

GOLDING
• Sa Majesté des
  Mouches

GRIMBERT
• Un secret

HEMINGWAY
• Le Vieil Homme
  et la Mer

HESSEL
• Indignez-vous !

HOMÈRE
• L'Odyssée

HUGO
• Le Dernier Jour
  d'un condamné
• Les Misérables
• Notre-Dame
  de Paris

HUXLEY
• Le Meilleur
  des mondes

IONESCO
• Rhinocéros
• La Cantatrice
  chauve

JARY
• Ubu roi

JENNI
• L'Art français
  de la guerre

JOFFO
• Un sac de billes

KAFKA
• La Métamorphose

KEROUAC
• Sur la route

KESSEL
• Le Lion

LARSSON
• Millenium 1. Les
  hommes qui
  n'aimaient pas
  les femmes

LE CLÉZIO
• Mondo

LEVI
• Si c'est un
  homme

LEVY
• Et si c'était vrai…

MAALOUF
• Léon l'Africain

MALRAUX
- La Condition
humaine

MARIVAUX
- La Double
Inconstance
- Le Jeu de l'amour
et du hasard

MARTINEZ
- Du domaine
des murmures

MAUPASSANT
- Boule de suif
- Le Horla
- Une vie

MAURIAC
- Le Nœud
de vipères

MAURIAC
- Le Sagouin

MÉRIMÉE
- Tamango
- Colomba

MERLE
- La mort est
mon métier

MOLIÈRE
- Le Misanthrope
- L'Avare
- Le Bourgeois
gentilhomme

MONTAIGNE
- Essais

MORPURGO
- Le Roi Arthur

MUSSET
- Lorenzaccio

MUSSO
- Que serais-je
sans toi ?

NOTHOMB
- Stupeur et
Tremblements

ORWELL
- La Ferme
des animaux
- 1984

PAGNOL
- La Gloire de
mon père

PANCOL
- Les Yeux jaunes
des crocodiles

PASCAL
- Pensées

PENNAC
- Au bonheur
des ogres

POE
- La Chute de la
maison Usher

PROUST
- Du côté de
chez Swann

QUENEAU
- Zazie dans
le métro

QUIGNARD
- Tous les matins
du monde

RABELAIS
- Gargantua

RACINE
- Andromaque
- Britannicus
- Phèdre

ROUSSEAU
- Confessions

ROSTAND
- Cyrano de
Bergerac

ROWLING
- Harry Potter à
l'école des sor-
ciers

SAINT-EXUPÉRY
- Le Petit Prince
- Vol de nuit

SARTRE
- Huis clos
- La Nausée
- Les Mouches

SCHLINK
- Le Liseur

SCHMITT
- La Part de l'autre
- Oscar et la
  Dame rose

SEPULVEDA
- Le Vieux qui
  lisait des romans
  d'amour

SHAKESPEARE
- Roméo et Juliette

SIMENON
- Le Chien jaune

STEEMAN
- L'Assassin
  habite au 21

STEINBECK
- Des souris et
  des hommes

STENDHAL
- Le Rouge et
  le Noir

STEVENSON
- L'Île au trésor

SÜSKIND
- Le Parfum

TOLSTOÏ
- Anna Karénine

TOURNIER
- Vendredi ou
  la Vie sauvage

TOUSSAINT
- Fuir

UHLMAN
- L'Ami retrouvé

VERNE
- Le Tour
  du monde
  en 80 jours
- Vingt mille
  lieues sous
  les mers
- Voyage au
  centre de
  la terre

VIAN
- L'Écume des jours

VOLTAIRE
- Candide

WELLS
- La Guerre des
  mondes

YOURCENAR
- Mémoires
  d'Hadrien

ZOLA
- Au bonheur
  des dames
- L'Assommoir
- Germinal

ZWEIG
- Le Joueur
  d'échecs

www.lepetitlitteraire.fr

ISBN version numérique : 978-2-8062-9198-1
ISBN version papier : 978-2-8062-9199-8
Dépôt légal : D/2016/12603/922

Avec la collaboration de Pierre-Maximilien Jenoudet pour l'analyse du narrateur et de Joséphine, ainsi que pour les chapitres « Les Âmes grises, un roman policier ? », « Une ville ébranlée par la guerre » et « La guerre du point de vue des habitants de P. ».

Conception numérique : Primento,
le partenaire numérique des éditeurs.

Ce titre a été réalisé avec le soutien de la Fédération Wallonie-Bruxelles, Service général des Lettres et du Livre.